小象的雨中散步

文·圖 中野弘隆
譯 林真美

今天下大雨，
小象的心情好好。

「走吧！走吧！散步去吧！」

「嗨！小象。」
「喔，小河馬。
　一起去散步吧！」
「如果是在池塘裡散步，
　我就答應你。」
「好啊！」

啪ㄆㄚ啦ㄌㄚ　啪ㄆㄚ啦ㄌㄚ　啪ㄆㄚ啦ㄌㄚ。

「小河馬，水越來越深了。」
「放心。 用游的就沒事了。」
「我不會游泳。」
「那，我背你好了。」

「小河馬的力氣真大。」
「嗯，在池塘裡我是大力士。」
「小河馬，水越來越深了。」

「嗨，小鱷魚。」

「啊，小河馬，
　　你背著小象在做什麼呢？」
「散步啊。 小象不會游泳，
　　所以我背他。」
「那，我也來幫忙。」

「小鱷魚的力氣真大。」

「嗯，在池塘裡我是大力士。」

「小鱷魚，水越來越深了。」

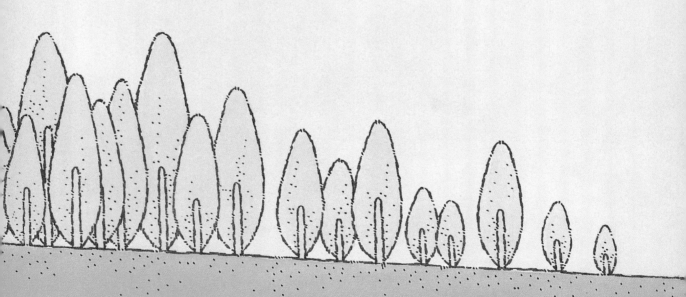

「嗨，小烏龜。」

「啊，小鱷魚。

　你背著小河馬、小象，要去哪裡啊？」

「散步啊。小象不會游泳，

　所以我們背他。」

「那，我也來幫忙。」

「小烏龜的力氣真大。」
「嗯，在池塘裡我是⋯⋯
　　大⋯⋯力⋯⋯」

「咦~？」

小象浮起來了。

小象會游泳了。

今天下大雨，
大家的心情好好。

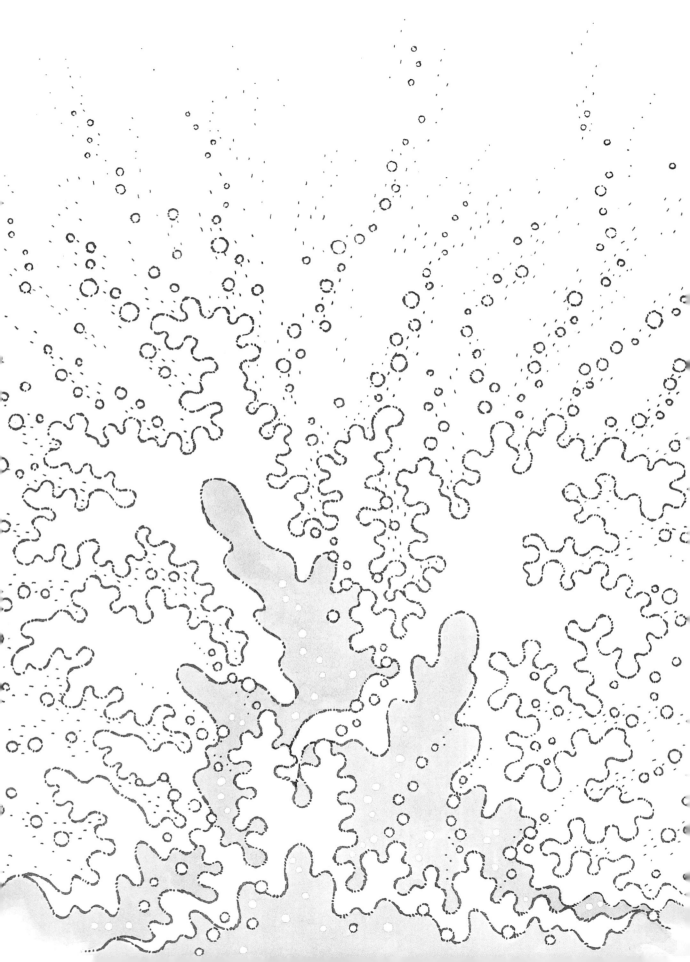

關於作者

中野弘隆

　　1942年生於日本青森縣。1964年畢業於桑澤設計研究所。畢業後曾在動畫公司工作，之後投入繪本創作。其於1968年問世的《小象散步》一書，幽默、簡潔有力，廣受日本小孩喜愛，至今已近百刷，並破銷售百萬本紀錄。2000年以後，中野弘隆再次以《小象散步》的角色、場景創作了《小象的雨中散步》（2003年）和《小象的風中散步》（2005年），兩書同樣是讓人會心、得以傳之久遠的佳作。在不同的天氣中，三書都讓人讀完心情為之大好，堪稱幼兒「繪本初體驗」的首選。

關於譯者

林真美

　　國立中央大學中文系畢業，日本國立御茶之水女子大學兒童學碩士。1992年開始在國內推動親子共讀讀書會，1996年策劃、翻譯【大手牽小手】繪本系列（遠流），2000年與「小大讀書會」成員在台中創設「小大繪本館」。2006年策劃、翻譯【美麗新世界】繪本系列（親子天下），譯介繪本逾百本。目前在大學兼課，開設「兒童與兒童文學」、「兒童文化」等課程。除翻譯繪本，亦偶事兒童文學作品、散文、小說之翻譯。著有《繪本之眼》（親子天下）等繪本論述作品。近年並致力於「兒童權利」之推廣。

ELEPHANT'S RAINY DAY'S WALK

Text and Illustrations © Hirotaka Nakano 2003
Originally published by Fukuinkan Shoten Publishers, Inc., Tokyo, Japan, in 2004
Under the title of ZŌKUN NO AMEFURI SAMPO
Complex Chinese translation copyright © 2015 by CommonWealth Education Media and Publishing Co., Ltd.
The Complex Chinese language rights arranged with Fukuinkan Shoten Publishers, Inc., Tokyo
All rights reserved

國家圖書館出版品預行編目 (CIP) 資料

小象的雨中散步 / 中野弘隆文；圖；林真美譯
－第二版 －臺北市：親子天下股份有限公司，2023.09
40 面；19*26 公分 －（繪本；343）
國語注音
譯自：Elephant's rainy day's walk
ISBN 978-626-305-547-6（精裝）

1.SHTB：圖畫故事書－0-3 歲幼兒讀物
861.599　　　　　　　　　　112011756

繪本 0343

小象的雨中散步

作者｜中野弘隆（Hirotaka Nakano）　譯者｜林真美
責任編輯｜熊君君、張佑旭　特約美術編輯｜翁秋燕　行銷企劃｜張家綺

天下雜誌群創辦人｜殷允芃
董事長兼執行長｜何琦瑜

媒體暨產品事業群　總經理｜游玉雪　副總經理｜林彥傑　總編輯｜林欣靜
行銷總監｜林育菁　資深主編｜蔡忠琦　版權主任｜何晨瑋、黃微真
出版者｜親子天下股份有限公司　地址｜台北市 104 建國北路一段 96 號 4 樓
電話｜（02）2509-2800　傳真｜（02）2509-2462
網址｜www.parenting.com.tw
讀者服務專線｜（02）2662-0332　週一～週五：09:00~17:30
讀者服務傳真｜（02）2662-6048　客服信箱｜parenting@cw.com.tw
法律顧問｜台英國際商務法律事務所・羅明通律師
製版印刷｜中原造像股份有限公司
總經銷｜大和圖書有限公司　電話：（02）8990-2588
出版日期｜2015 年 2 月第一版第一次印行
2023 年 9 月第二版第一次印行
定價｜300 元　書號｜BKKP0343P　ISBN｜978-626-305-547-6（精裝）

📁 故事音檔下載

國語版

── 訂購服務 ──
親子天下 Shopping｜shopping.parenting.com.tw　海外・大量訂購｜parenting@cw.com.tw
書香花園｜台北市建國北路二段 6 巷 11 號　電話（02）2506-1635　劃撥帳號｜50331356　親子天下股份有限公司

立即購買 >